Récits sens dessus dessous

*Première de couverture : dessin de
Catherine Dejoux*

*Merci à Catherine et Gérard pour leur
précieuse collaboration*

Notes sur l'auteur

Né en 1959 à Béziers Pierre Soliva, aujourd'hui retraité, enseigna durant 5 ans le Français en lycée professionnel puis l'Histoire-Géographie en collège jusqu'en 2021.

Ses publications via BoD

Quatre recueils de poèmes

-*Tiana*
-*La mer dans l'âme*
-*L'âme bouletournée*
-*Poésophie en tous sens*

Un recueil de Nouvelles

-*Dames et états d'âme*

Terrasse de café

Ce matin j'ai le bourdon. Et les deux prêtres qui viennent de passer devant la terrasse du bistrot où je viens de commander un café, accentuent mon mal de crâne. Alors j'entame un dialogue avec ma conscience. *Qu'à cela ne tienne. Je dois résister à ce qui me fait mal. Résister aux contraintes qui m'assaillent, autant que faire se peut, pour choyer la vie. Car elle est la seule réalité que je peux désirer sans conteste lorsque je me retrouve seul, tant que je ne souffre pas trop. À moi d'en juger. À qui d'autre? Si la vie était sacrée, selon le commandement «Tu ne tueras point», alors les croyants n'auraient pas assez d'une vie pour réciter le nombre de prières suffisant à la rédemption de l'Humanité. Ils devraient passer leur vie à la perdre, ce à quoi d'ailleurs nous encouragent tous les fanatiques religieux. Qu'ils fassent donc de leur corps et de leur âme ce que leur dicte leur conscience, pourvu qu'ils ne fassent pas de mal aux autres personnes. Et s'ils veulent m'imposer leur dogme je résisterai car je veux continuer d'aimer ici-bas en jouissant tant qu'il est temps de mon corps et de mon âme. Mais avec ce que je vois des religieux de tout poil je n'ai pas la conscience tranquille…*

Sous les tilleuls de Cabezac les clients mentent. La douce bise du matin se vante à l'abri du bruit de l'insatiable *Minervoise*. Attablés sur la terrasse ombragée du bistrot routier, les habitués du troquet entremêlent leurs conversations avec celles des touristes et cyclistes de passage. À la table centrale une voix domine. Seul audible au milieu de la populace, l'homme d'âge mûr fait la leçon à son compère qui n'en peut mais. Tel un orateur, l'index dressé comme un *i*, il soliloque. Indifférent ou pas, l'auditoire est tenu bon gré mal gré d'apprendre de son éloquence éminente «La Vérité» au sujet des Cathares, de l'Animisme, Christophe Colomb, le Chiapas et autres événements de la «Grande Histoire de l'Humanité». Enfin las et l'air dépité, le compère se lève soudainement et prend congé du *Professeur* en lui dérobant une poignée de main furtive.

4

Interloqué, le donneur de leçons se tait illico. Concomitamment l'assistance se tait et se vide à moitié, laissant place au ronronnement des moteurs et pneus. Le conférencier n'a guère d'autre alternative que de capituler, se lève dans la foulée, sans mot dire et, endossant son sac à dos, quitte la scène dignement, menton altier et démarche assurée. Rassuré ?

Au centre, quatre tables forment un losange. À chaque table un homme est assis devant un café. Les hommes se font presque face. Je suis l'un des quatre. Silence. Les trois autres ont le nez penché sur leur portable. Moi je les observe et j'écris sur le mien. Tantôt j'écris, tantôt j'observe la déambulation de la jeune serveuse masquée, et des passantes en jupe courte. On a les plaisirs qu'on peut. Moi j'ai, plus souvent qu'à mon tour, ceux des yeux. Le ciel est lourd. Un couple de cyclotouristes vient de s'attabler à l'écart. Ils savourent leur expresso, un peu sonnés. L'homme a l'air insouciant de la sérénité matrimoniale. Il regarde en l'air. La femme joue l'air détaché tout en me lançant des œillades discrètes. Ils se lèvent pour reprendre leur balade à vélo. Ils chaussent leur casque et lunettes de soleil. À l'abri derrière ses verres teintés, elle multiplie les œillades. Le ciel s'assombrit un peu plus. Le couple se sauve. Mais se sauve-t-il vraiment ?

Dimanche 9 août 2020. Jour de marché. Terrasses de cafés bondées. 10h50, les cloches de la cathédrale sonnent l'appel à l'office dominical. Place Jean Jaurès une dame voilée avance masquée. Pauvre Jaurès ! À la terrasse du café du *Commerce* une touriste lance :

« C'est l'heur' de l'apéro, on est dans l'sud, ici les enfants sont él'vés avec du Ricard dans l'bib'ron (je souris à l'homme qui me rend le sourire d'un air entendu). –Tu prends quoi ? –Un Ricard. Et toi ? –Un spritz !? »

L'homme coiffé d'un *Panama* se plaint de mal au dos puis se lève :

« -J'vais chercher un truc à gratter au tabac. –Com' ça tu pourras t'gratter à la maison ! On chang' de tab', ici ça pue (une voiture vient de se garer à côté de leur table, moteur en marche) ! »

Les cloches se sont tues. Enfin le silence, sitôt rompu par un molosse qui se met à aboyer copieusement du haut d'un balcon au premier étage d'un immeuble attenant à la place. Son maître le fait rentrer dans l'appartement. Silence, rompu sitôt par un homme au téléphone :

« Couandó arribá ? Mediá horá ? D'acouerdó. Hastá louegó ! »

Maintenant le soleil envahit la terrasse. La terrasse est pleine mais les conversations se mettent en sourdine. Un homme seul réclame à la serveuse le verre d'eau qui devait accompagner son café. Une fois servi il n'y touche pas, se lève, s'en va. Moi je viens de boire la dernière gorgée du mien. Quelques randonneurs cyclistes traversent la place à pied pour rejoindre les rives du canal du Midi. Il est midi, à chaque porte…

En face de moi, un couple attablé. Homme de dos. Femme de profil. Profil de blonde aux yeux bleus et visage d'ange.

Son regard se perd dans une vision lointaine, menton relevé. Je la surprends par moments à rouler des yeux mutins vers moi, par-dessus l'épaule de son conjoint qui ne semble rien soupçonner. Sous la table elle a les jambes croisées. Sous sa robe légère, bleu clair, elle dévoile à mes yeux ébahis des genoux d'une beauté époustouflante, ineffable, une magnifique fable. Ce sont des Anglais. D'ailleurs ils ne tardent pas à filer…

Couple jeune, chemisettes noires, pantalons courts à poches jambières, le tout délavé, baskets, tatouages aux bras et jambes. Face à face, face à leurs expresso et verre d'eau, ils sont rivés sur leur portable. Le garçon n'a pas les cheveux longs mais porte la barbe, élégamment taillée. Ont-ils admiré la splendeur du lieu ? Leurs enseignants leur ont-ils appris à observer la réalité ? Il est onze heures. Le café surplombe une scène flottante sur laquelle doit se produire ce soir 11 août 2020 Maxime le Forestier qui, lui, a abandonné depuis longtemps la barbe et le noir symboliques de certains soixante-huitards. Les jeunes se lèvent sans un mot, sans un regard. Ils se dirigent vers la scène. Graines d'anars ? Stéréotypes de deux générations, mêlés, récupérés par le marché ? Ou jeunes libertaires ? Le doute m'habite…sans excès ! Brassens avait son propre stéréotype, qui d'ailleurs n'en était pas un. Il était un. Brassens, c'était quelqu'un…

Homme d'âge mûr, petit, épaules larges, *râblé à l'agathoise* comme aurait pu dire l'Historien local du XIXème siècle Balthazar Jordan qui décrivait ainsi les femmes agathoises de son temps. Jambes courtes arquées, pantalons courts, chemise à fleurs, sandales, lunettes de soleil, teint pâle, visage sans expression, traits tirés, surpoids, chien en laisse couché au sol. Le cou tournoie lentement, suivant le déplacement de la jeune serveuse en mini short, penchée sur les tables qu'elle débarrasse et nettoie. 9h45, un Ricard. 10h, un deuxième Ricard. 10h15, je préfère ne pas savoir… Cela dit, moi aussi je mate la serveuse, mais pas qu'elle, mais à découvert, et pas que les jambes ou les fesses ou la poitrine. Et juste pour le plaisir du regard. Depuis une heure que j'observe, deux autres hommes ont bu leur café séparément et silencieusement. Deux femmes ont pris leur petit déjeuner ensemble, parlant discrètement. Un couple prend un café, l'homme silencieux, la femme moulin à paroles, débitant un monologue strident et continu, passant du coq à l'âne. Pauvre homme…

« -Bonjour monsieur, dit la serveuse. Qu'est-ce qui vous ferait plaisir ? –Je n'ose vous le dire… Je plaisante ! –Oui mais à part ça ? –Je voudrais un café allongé. –Désolée monsieur, je ne sers que des cafés assis… Vous l'avez bien cherchée ! –Mais vous êtes debout ! Et tac ! –Je peux aussi vous le servir debout, au comptoir ! Et toc ! –D'accord, alors expresso ! –Eh ! Ya pas le feu ! Si vous continuez sur cette lancée, je vous le sers frappé ! –Pas trop fort s'il vous plaît ! –Tout doux mon mignon, avec un peu de crème si vous voulez ! –Je préfère avec un verre d'eau. –Plate ou pétillante ? –Pétillante comme vous. –Si c'est comme moi elle risque d'être bouillonnante !

Cassé ! –Alors ajoutez-y des glaçons ! –
Je vous trouvais déjà con, avec les
glaçons vous serez en plus gelé ! Tué ! –
Vous m'avez refroidi. Servez-moi donc un
demi. –Comme ça vous serez mis en
bière ! –Je vous trouve bien obséquieuse !
–Parce que vous vous faites mousser et
commencez à me raser ! –Mais vous
n'êtes point femme à barbe ! –Non, voyez-
vous, je m'épile et maintenant c'en est
trop, je m'efface ! »

Le client resta quoi et dut aller
chercher ailleurs d'autres bobards…

À 9h05 je suis le premier client.
L'ombre couvre encore toute la terrasse.
Petit air frais du matin. 9h15, une voiture
immatriculée 69 se gare devant un
panneau d'interdiction de stationner por-
tant l'inscription : « Réservé livraisons de
6h à 10h ». Trois femmes, obèses, et un
enfant encore sans surpoids, en sortent et
s'installent en terrasse pour prendre le
petit déjeuner : jus de fruits, viennoiseries,
chocolats chauds. Passe un véhicule de la
police municipale qui ralentit. L'agent pas-

sager photographie la plaque de la voiture en stationnement, sans sortir du véhicule.

Une des dames s'approche des policiers pour se justifier : « -Je déposais juste mes amies, j'allais repartir. –Le PV est déjà enregistré, vous ne respectez rien, allez vous garer plus loin ! ».

La dame leur dit qu'elle portera réclamation et va se garer plus loin. Une des autres femmes rouspette :

« Il y a des voitures garées là tous les jours ! La gitanerie, elle, n'est jamais verbalisée… ».

La conductrice de retour lance à ses amies :

« J'aurais dû leur dire aux flics qu'ils sont des poules mouillées… ».

9h50, un autre véhicule se gare au même endroit et à 10h, un troisième… Bilan : raisons et torts chez les uns et les autres ; tout était tranquille sur la place avant cet incident ; la paix a été perturbée, les nerfs ont été excités ; chacun eût pu être prévenant…

J'apprends par le buraliste que le masque est désormais obligatoire partout dans la ville. La serveuse confirme en m'indiquant que le Préfet s'est rendu sur place il y a deux ou trois jours. Je comprends maintenant la remarque d'une vieille dame hier qui se plaignait auprès de son amie du fait que beaucoup de gens ne portent pas le masque dans les rues. On est entré dans la réalité de l'allégorie de la caverne platonicienne. Une jeune femme attablée en face de moi me lance des œillades discrètes. Une vieille aussi, mais elle, derrière ses lunettes noires…

Seul devant un café et un verre d'eau, ce matin j'ai les yeux globuleux et le moral dans les chaussettes. Pourtant je ne porte pas de chaussettes. J'ai dû laisser le moral à la maison, dans le panier à linge. Aucune inspiration. Je fais le tour de moi. Je tourne en rond, lentement, je m'évite. Le doute m'habite. Libre ? Désordre dans ma tête. Mes pensées se bousculent comme des électrons libres. En vrac. À qui écrire ? Ne pas écrire ? À qui parler ? Ne pas parler ? À qui penser ? Ne pas penser ? Espérer ? Espérer quoi ? Je donne mais ne reçois qu'une fin de non recevoir. J'attends mais ne reçois qu'un lourd silence d'indifférence. Quatre autres hommes seuls, chacun devant son café, comme moi observent, s'observent, cultivent leurs pensées, écrivent sur leur portable. À croire que ce bar est un repère de célibataires écrivains. Ils ne me rassurent pas pour autant. Trois femmes avec deux landaus, assises à la même table, parlent et rient de bon cœur. Beaucoup. Fort. Nous les entendons mais ne les écoutons pas. Nous avons des faces de déterrés. Par intermittence une des femmes me lance un œil. Réflexe machinal ? Dénué d'arrière-pensée ? De pensée ? Je sens que je dérive. Je préfère stopper là ma prose avant de déraper… Malgré tout la vie est belle. Comme disait mon père, « La vie n'est pas facile. Il faut savoir la vivre. » Il avait vécu deux guerres, la faim, de longues maladies, plusieurs opérations et déceptions amoureuses. Il a cependant survécu à tout cela et a transmis le bonheur à ses enfants. Chapeau bas papa ! De quoi devrais-je me plaindre moi qui n'ai connu que la paix, le confort, la santé ? Allons bon ! Je vais marcher, au moins ainsi j'aurai l'impression d'avancer...

Ce matin j'ai l'âme comptable. Les clients qui sont seuls sont au nombre de 4 hommes et 2 femmes. 4 tables accueillent 2 femmes chacune. Tous semblent avoir passé la quarantaine. 5 portables, 1 journal, 4 sacs à main. 2 clients adultes et 1 enfant sont masqués, ainsi que le serveur. Ajoutez 2 hommes et 1 femme ayant posé sur leur table leurs masques et un flacon de gel hydroalcoolique. Les boissons qu'ils ont commandées sont, elles, sans alcool. À une autre table, 3 hommes et une femme. Plus, à 3 autres tables, 3 couples mixtes dont l'un accompagné d'une petite fille et son portable. L'un des couples dames a posé sur la table les masques, un sac à main et un bouquet de fleurs. L'un des couples mixtes est assis à la table la plus proche de la mienne. L'homme dit, en se tournant vers moi, qu'il aime bien cette place. « Moi aussi », lui réponds-je. Quiproquo ? Moi je pensais à mon emplacement sur la terrasse. Peut-être pensait-il, quant à lui, à la place sur laquelle donne cette terrasse. Cela au fond m'est indifférent. Un peu plus loin le buraliste, en grande discussion avec une femme, rit de bon cœur. Heureux buraliste !

La terrasse ombragée ce matin bat son plein vers 10h30. On entend parler, murmurer. Ambiance paisible si ce n'est la sonnerie intempestive d'un portable, son musical à fond la caisse : « I want to be freeeee…!!! ». Tout un programme…
11h, un habitué longe nonchalamment la terrasse. Il tourne la tête. Il n'y a plus de place. Il passe son chemin, bras ballants, comme si de rien n'était. Un petit rien…
La jeune serveuse a sorti une robe à fleurs. Son plateau sûrement soutenu d'une main, elle virevolte et le fait valser autour des tables. Il ondoie en légères volutes contrebalancées par les vagues de son ample robe fendue et les mèches survoltées de sa queue de cheval. Sa danse amoureuse frôle ma table qui s'émeut de sa douce caresse. Je lève les yeux sur son regard pétillant qui m'offre

un grand sourire de bonjour. Belle journée...

Ce matin sur la terrasse du café de
la place Jean Jaurès, je ne vois personne,
et pourtant je sais que je ne suis pas seul.
Hors d'heure, hors du temps, j'ai la
pensée qui occupe tous mes sens. Plus
que deux jours et j'entame ma dernière
pré-rentrée. Quarante ans au service de
l'Éducation nationale. Quarante ans à
forger des esprits dans un alliage
malléable. Quarante ans à chercher le
coin du bon sens, à façonner des cours, à
inculquer les valeurs républicaines, à
écouter, conseiller, encourager, évaluer,
corriger, sanctionner, jouir des rares moments de considération, souffrir des nom-
breux moments d'incompréhension. Quarante ans à douter de mon efficacité. Mais
aucun regret, j'ai fait ce que j'ai pu, du
mieux que je pouvais. Pas de regret à
passer la main. D'autres feront aussi bien,
ou pas. Je ne dois plus rien. Persister
serait m'enfermer dans une servitude
volontaire après une servitude nécessaire
quoique relativement choisie. Dernière
année scolaire, à privilégier les relations

de plaisir moral avec certains élèves et collègues de travail. Puis viendra le moment de me libérer le plus possible des contraintes, de jouir sans compter de l'éternel retour des jours, de revisiter mon passé, visiter le présent, lire, écrire, voyager au-dedans comme au-dehors. Aimer à foison ?

Samedi 29 août, 11h., la terrasse est déserte. Il a plu à gros bouillon toute la nuit, jusqu'au petit matin. Le sol est détrempé. Les passants, en petite laine. Cela sent la rentrée. J'ai bien dormi, me suis levé à 9h20, pris mon petit déjeuner. Me dirigeant vers la salle de bain j'ai tout à coup réalisé que la maison était rangée à mon goût, plus spacieuse, plus vide aussi, sans les chats de ma compagne, sans ma compagne. Son image a réapparu dans mon esprit. Treize années de vie commune, ce n'est pas rien, cela ne s'oublie pas. Treize années effacées d'un trait. Nous voulions rester amis. Elle ne le veut plus depuis que je lui ai annoncé que j'avais fait une nouvelle rencontre afin d'accélérer son démé-nagement qui me pesait, afin d'abréger la souffrance de la rupture. Dans la salle de bain, je me suis effondré en larmes. Peut-elle l'imaginer ? Penserait-elle que ce sont encore des « larmes de crocodile » ? Malgré tout je suis content. Je suis libre. Je n'ai aucune envie de renouer. Je garde la tendresse…

11h30. Sur la terrasse nous sommes en tout cinq hommes et deux femmes. Une des femmes parle seule, visage décomposé, cherchant du regard un répondant qu'elle n'obtient pas. Elle vient de commander un demi. Il fait froid… Elle demande si le masque est obligatoire en ville. Je confirme en opinant du chef. Elle se plaint : « On n'est pas informé ! ». Silence. Sinistrose. Le clocher de la cathédrale sonne les douze coups de midi. La femme s'en va. Aurait-elle pris les coups pour elle ? Une artiste habituée du café (je suppose qu'elle est artiste, cheveux blancs coupés ras, tatouages, bracelets, longues boucles d'oreilles, doigts pleins de bagues, bottines, long nez, gilet de fourrure violette, écouteurs aux oreilles) balance la tête et tapote du pied au rythme de sa musique, se roule une cigarette, boit une gorgée de rosé. Si elle n'est pas artiste, en tout cas c'est une *vedette*… Je bois d'un trait mon verre d'eau, il est temps de rentrer. Je frissonne…

10h., seul, soleil mais vent frais qui fait valdinguer un grand panneau métallique du bureau de tabac de la place. Un coup à assommer les clients. Heureusement ceux-ci font encore la grasse matinée. Je tremble comme la feuille de papier à cigarette que j'essaie, tant bien que mal, plutôt mal, de maîtriser. Elle n'est pas comme moi. Elle ne se laisse pas facilement rouler. Je dois humecter mes doigts pour qu'elle ne m'échappe pas. Étant encore l'unique client je discute avec la serveuse. Sympa. Elle a un bac STG, a commencé un BTS, l'a interrompu, a multiplié les emplois dans la restauration. Ça lui plaît. « Tant mieux », lui dis-je. La terrasse s'est maintenant remplie. Les clients qui affluent cherchent le soleil. Moi je reste à l'ombre. Toujours décalé. On ne se refait pas…

À 10h30 trois hommes en embonpoint s'installent près de moi sur la terrasse. Les trois d'âge mûr. Ils commandent trois blancs. Il y aura quatre tournées. Ils quittent les lieux à 11h40, comme qui rigole ! Ils ont parlé des J.O. de Tokyo, se sont bidonnés à s'en faire péter la panse, ont fait rire la jeune serveuse à chacun de ses passages. Ils sont partis à peine un tantinet égayés. Assurément ces trois zigotos ne sont pas encore assez mûrs !

Devant mon café, je repense ce matin aux attentats islamistes. Une idée me turlupine. Des Arabes antisémites ? Quand on y réfléchit bien, que l'on se souvient du cours d'Histoire de l'année de 6ème sur les Hébreux ou qu'on a lu la Bible... Si ce n'était pas horrible, cela en serait hautement risible !

Ce matin il pleut sur la place. Je me mets donc au comptoir pour prendre mon café. Deux hommes d'âge mûr s'installent à mes côtés. L'un dit à l'autre :

« -Qu'est-ce que tu bois ?

–Quelle heure il est ? »

Le premier me regarde boire mon café tout en jetant un œil sur sa montre tandis que le serveur dit qu'il n'a pas l'heure et que, pour rendre service, j'avais déjà avisé sur la mienne qu'il était 10h40 et que je m'apprêtais à le leur dire. Mais le premier homme me devance : « Il est 11h. ! » Je n'ose le contredire car apparemment il a soif et ajoute :

« -C'est plus l'heure du café. Apéro ! Alors ?

–Une Suze pour moi.

–Tu sais que la Suze contient de la gentiane et la gentiane ça fait débander !

–Ça ne me dérange pas. Ne suze que si on s'en sert ! » Ajoute le second en me lançant un clin d'œil que je lui échange avec un sourire.

Le premier sort alors son porte-monnaie. L'autre lui dit :

« -Tu vas pas payer ?

–Laisse, j'ai le porte-monnaie que m'a offert ma fille ! »

Le second n'insiste pas. Le premier, s'adressant au serveur : « Une Suze et un boc. » Puis il pose sur le comptoir un porte-monnaie en forme de poisson qui fait des soubresauts. Le second : « Oh, il est frais ton poisson ! » Zut, il me l'a retiré de la bouche. Le premier : « Qu'est-ce qu'on peut fabriquer comme conneries de nos jours ! » Et en dire, Pensai-je !

Sur ce je salue les deux compères et le barman en leur souhaitant une bonne journée. Ce fut un moment sympa mais mieux valait-il que je parte avant qu'ils ne m'invitent à une deuxième tournée et que j'en sois, comme il est de mise en la circonstance, de la troisième, et plus si affinités…

Pensées sans dessus ni dessous

Voyager ? Seul, pour voir là-bas si j'y suis, comment je suis, qui je suis. Pour apprendre : nouvelles coutumes, nouveaux costumes, nouveaux physiques, nouvelle gastronomie, architecture, paysages... À deux ou plus, pour les mêmes choses et mieux se connaître. Oui, surtout mieux se connaître...

Sur les bords de l'Hérault deux adolescentes discutent en marchant à quelques pas derrière moi. Je ne cherche pas à écouter leur conversation. Pourtant quelques-unes de leurs expressions me heurtent les tympans :

« -...je m'en bats les couilles...il va m'enculer... -Je me baignerais bien dans la rivière. -Tu veux que je te pousse ? – Non, je... »

J'imagine leur orthographe si elles avaient dû écrire leur dialogue... Désoeuvrant, désopilant, décapant ! Demain je retourne au collège. Ce n'est pas gagné d'avance…

Absurdité de certaines mesures liées au confinement.
-135€ d'amende si l'on ne porte pas le masque, je suis certain que cela va dissuader les milliardaires…
-On sera mieux protégé si l'on ne circule pas à plus d'un km de chez soi, voire 10 km ?
-Déconfinement annoncé à partir du 11 mai : on pourra emprunter les allées du bord de mer mais pas mettre les pieds sur les plages… On nous aurait caché que le sable était contaminé ?

Ce lundi 24 août je me suis levé à 7h40 l'esprit plein de bonnes résolutions. Je vais déposer un short chez ma couturière, manière, comme on dit, de me changer les idées. Et pour le plaisir de revoir cette dame dont je suis tombé sous le charme tout en sachant qu'étant heureuse en ménage, je n'ai rien d'autre à espérer d'elle qu'un beau sourire et des paroles empreintes de gentillesse. Et accessoirement qu'elle répare mon short. Pour la première fois cependant, j'ai cru percevoir qu'elle scrutait le fond de mes yeux d'un regard profond et soutenu. Un tantinet décontenancé, je brisai cet instant de communion en déballant le short à repriser. Je lui demandai d'effectuer le même ouvrage qu'elle avait réalisé sur un autre short la semaine précédente. Il s'agissait de réduire la largeur au niveau de l'entrejambe. Elle me demanda, comme si elle n'avait pas écouté, si je souhaitais qu'elle réduise la largeur. Je lui lançai un regard ébahi car il me semblait évident que c'était bien cela que je venais de demander. Elle parut un instant troublée. Puis elle se ravisa aussitôt :

« - Pardon, je suis bête, bien sûr… - Je vous ai troublée ? – Pour samedi, ça vous va ? – Très bien, je ne suis pas pressé. – Eh bien à samedi. – D'accord. Au revoir et bonne journée… »

Pensées à deux sous

Gare à vous et garez-vous car si sans y prendre garde vous vous égarez, cela vous regarde mais vous serez pris par mégarde jusqu'à la garde !

À malin rien ne vaut de courir Pierre, qui roule vaut mieux que tel père qui va à la chasse, bien fol qui s'y fie. Souvent femme varie tel fils malin et demi. Il faut partir à point, un tiens n'amasse pas mousse, perd sa place. Enfonçons les portes ouvertes d'un coup d'épée dans un ciel serein, comme un coup de tonnerre dans l'eau…

Ai-je bien compris ce qu'attendait l'Éducation nationale de ses personnels ? Dans mon bahut la prof d'Anglais file un mauvais coton, en tant que prof de langue elle languit et file à l'anglaise. Le prof de techno *tice* sa toile. La prof d'ULIS défait sa toile. Le prof d'AP n'en fait pas. Celui de Math gère les échecs. Le prof de lettres est préposé à ses courriers. La prof de physique soigne le sien. La prof d'SVT gère sa vie et s'atterre. La prof de musique nous enchante quand elle ne nous fait pas chanter. Le prof de sport, prof d'épée est-ce qui occit tant ? Et moi prof émincé je raconte des histoires de GO. Du coup j'en perds mon latin… Quant à la conseillère d'orientation elle perd le nord, l'infirmière se pique d'être débordée, l'assistante sociale est déprimée. La secrétaire croit avoir tout bon mais n'imprime plus rien. La CPE, en attendant de monter sur ses grands chevaux, est sur les talons. Les AED sont surveillés. Les agents essuient les sales. Le Principal recycle le secondaire. L'intendance suit…

Maudits mots dits !

<u>-Maximes</u>
> **-La Révolution**
>> C'est comme une jolie fille. Si on la laisse passer, il est trop tard. Si on veut la suivre on s'expose à des représailles…

> **-P.M.A.**
>> Pour exister, une future progéniture a besoin d'une paire et d'un maire…

> **-Apparence**
>> L'abbaye ne fait pas le moine, mais elle y contribue…

> -L'Homme ne crée pas, il révèle et invente à partir de ce qui existe déjà. Seul Dieu crée, mais existe-t-il ? Dieu seul le sait. Dieu sait quoi mais Dieu c'est quoi ?

> - Pardonner, tolérer, parce que nul ne peut se prévaloir d'être parfait.

<u>-Raisonnement si logique ?</u>
> **-Histoire d'eau**
>> Vu que : « Qui tire la chasse perd sa place. »
>> Si : « Tant va la chasse à l'eau qu'à la fin elle se casse et tant va le Cachalot qu'en vain il se chasse. »

Alors : « Qui tire le Cachalot perd sa place. »

-Le ramoneur Ramon

S'il ramone, c'est pour éviter qu'il ait suie. Cependant : « Jé soui sol », dit-il. Car Ramona, lui, descendre.

-Sportez-vous bien !

Quand on a gagné, il est juste qu'on en ait trophée.

-Questions sans réponse

-Boustifaille

Peut-on manger épicé en même temps ?

-C.S.G.

N'est-ce pas impôt cible ?

-Soldat est-ce que… ?

De qui ce mousqueton ?

-Poésie

Ah ! Pauline erre ?

-Titre du journal de BFMTV, mardi 20/08/2019 :

« G7 : Groupes violents, la menace ? »

Étonnant de lucidité, non ?

- Lire ou pas lire ?

Pâlir ou délire ?

J'attise, je questionne.

-Oh ! Niçois qui mal y pense ?
Honni soit qui mal y panse !
-Tu préfères aller au lupanar ou au lit peinard ?

-Appels sans réponse
-Sans foi…
Oracle, oh ! des espoirs ! restez lu, Cid !
Odieux, tout puissant !
Devant la mort, que l'adieu soit avec toi !
Ainsi soit Benny Hill !
-Bicentenaire
Aux larmes, citoyens !
-İmmigration
Police ? au secours !

-À vue de nez
Cet homme a un long tarin pour blaire.
Nez en moins il ne put plus vous sentir !

-Désert
Qu'il est bon de se rouler dans les sables émouvants !

-Horoscope

Du 21 juin au 21 juillet, vous êtes tous cancer nés !

-Ciel !

Les blanches nues me font rêver.

-Au haras

« Halte-là, O'Hara ! Quel cheval Adèle a-t-elle ? Attelle-toi à ta tâche et attelle-le ! »

-Part-on ?

Parti, patrie : partir, pardi !

Patrons, poltrons : pardon, partons !

-Cris de guerre

Attention, satire !

Ce n'est qu'un abominable nabot minable !

-Un « allumé » sans feu

Quel sot briquet ce Bic de gaz ! Ah ! L'humeur…

-Un chat là ?

Ne nous voilons pas la face ! Le Tchador sommeille seulement.

-Conseils, de classe !

Évitez les phrases à rallonge, vous allez perdre le fil. Restez branchés tout en utilisant un langage courant.

Renvoyons les galères aux calanques grecques !

-En transe bahut t'es !

C'est un faux lycéen phocéen.

Pour animer la flamme du foyer socio-éducatif, il se mit à bûcher ardemment. Il touchait du bois pour que le contrôle continu…cesse !

-Propos funèbre

Alain seul au comptoir : « J'ai eu un coup de pompe…au cul. La chaussure était noire, pompe funèbre. Ça m'a gonflé. Une bière, s'il vous plaît, pression bien sûr ! »

Jeanne était peut-être pucelle. Oui, mais (8 mai) elle a pourtant fini femme au foyer !

-Picardie

Une région dépaysante. Ah ! oui, ça c'est des paysans ! Mais une question se pose là. Est-ce qu'en somme l'Oise bat l'Aisne (de parapluie, bien sûr !) ? Car il

fait si Beauvais (j'en suis enrhumé) qu'A-
miens une fois Laon on Senlis !

-Devinette
　　　Comment devenir Miro… ? En
faisant une toile !

-Fêtes
　　　Il fait un foie de canard !

-Et ta dame ?
　　　« Elle a des faux cils, j'en suis
marteau », dit un communiste.
　　　Petit déjà je jouais aux dames.
Grand j'ai continué mais les *pièces* étaient
différentes : je n'avais pas vu tout de suite
qu'il s'agissait en fait d'un jeu d'échecs.

-Nippons
　　　Petits ils sont déjà poneys.

-À vendre…
　　　Missiles solaires, missiles à la clé
(sol-sol), à domicile !

-Devinettes
　　　Pourquoi les missiles Scud vous
prennent-ils par derrière ? Parce qu'ils
sont les suppôts de Satan !

Quel est le comble du Pied-noir ?
Tenir un magasin de pompes funèbres.

-Dialogue médical
　　　　« -Docteur, est-ce un cancer ?
　　　　-Je ne le sais mie. »

-Golfe
　　　　On ne compte plus les trous (de balles). Est-ce la faute aux tire-au-cul ?
　　　　Démission du ministre français de la　　　Défense.　　C'est　　un　　grand Chevènement !

-Gloire aux bergers
　　　　Tiens « pâtre », prends la clé.
　　　　Ce sera la clé au pâtre !

-Pléonasme
　　　　Occis mort !

-Les rixes du comptoir
　　　　Il　est　tard,　les　Barmen　sont fatigués, entre un dernier client.
　　　　« -Barman,　　une　　coupe　　de Champagne ! »
　　　　Le Barman sert aussitôt la coupe, à moitié pleine.
　　　　« -J'avais demandé une coupe, non une demi-coupe !

-Mais monsieur, la coupe est entière.

-Ah ! Je vois que vous aimez la plaisanterie…La coupe est entière, certes, mais elle n'est pas pleine. »

Aussitôt dit, le client boit sa coupe, cul sec et ajoute : « -Merci de m'en servir une autre. » Le Barman revient avec une autre coupe à moitié pleine. L'irritation du client est à peine réprimée : « -Écoutez, j'aime bien la plaisanterie, mais à ce point cela devient du vice. Monsieur, la coupe est pleine !

-Mais non Monsieur, vous voyez bien qu'elle est seulement à moitié pleine ! » Le client excédé, au comble de l'irritation, sort de ses gonds et attrape le Barman par le collet.

« -Mais, je vous en prie ! Vous vouliez un verre plein et vous avez eu deux verres à moitié pleins ! Le compte n'est-il pas bon ? Ainsi la goutte ne risquait pas de déborder ! Lâchez-moi donc ! Vous avez les vers, ma parole !

-Jeune impertinent, votre compte est bon ! La goutte, vous l'avez fait déborder avec vos insolences ! »

Et sur ces bonnes paroles le client asséna à son vis-à-vis un point rageur au milieu de la figure, qui envoya celui-ci valdinguer à l'autre bout du comptoir, emportant avec lui les bouteilles que les leveurs de coude n'auront pas. Le Barman en eut pour son compte et ne demanda pas son reste.

Moralité : à mesquinerie, mesquinerie et demi…

-À contresens

-Chuintements à trois voix chez un marchand.

« -Shah ne t'IRA pas ! C'est moche !

-Ah ! Moshe, Shamir a l'œil, non ?

-Amoché, mon œil ? Je n'ai pas l'âme au Che, chameau ! Bon choix et chalut ! »

-Malentendus

-Panneau chez le marchand de chaussures : « Demandez votre pointure. »

Client : « S'il vous plaît, quelle est ma pointure ? »

-Info radio

« Dans le Var ont été découverts deux corps sans vie. » Deux Corses en vie ?

-Dégoût de la soupe au Chou En-lai

« -Eh ! Deng, Tiananmen Li Peng, Siao Ping ?

-Çà Nasser à rien et c'est Fad car Sadate. »

-Ordre

-Dis qu't'a tort, Franco !

-Au sommet

Les vingt-sept se mettent à table et un journaliste questionne son voisin:
«-C'est…est-ce…c'est eux ? -Non, eux c'est l'U.E. »

-Guerres du Proche-Orient

En Syrie, on touche du bois.

-Trop, c'est trop !

Ne dit-on pas : « se tuer à la peine » ?

Ne dit-on pas aussi : « la crise de la quarantaine » ?

Ne dit-on pas encore : « une personne hautaine, recevoir un coup dans l'aine, à la tienne Étienne, une poire belle Hélène, oh ! la mauvaise haleine, arrête Madeleine, c'est toujours la même rengaine, fontaine… » ?

NON, arrêtons, ne le disons pas !

Disons plutôt : pourquoi tant de haine ?

-Plaisance

Se plaire avec aisance, à Dieu ne plaise en teint !

-Plaisantin

Lorsque demain il sera plus vieux, on dira qu'il a plu.

-24 décembre

Quelque part sur un échafaudage, un ouvrier peintre peint. Son nom est Denoël. Un ami passant par là s'arrête et l'interpelle :

« -Alors, ça peint Denoël ?

-Écoute, je viens de me faire enguirlander par mon patron parce que je m'emmêlais les pinceaux, alors il ne manquait plus que toi pour me mettre les boules ! Sans compter que si je rentre tard à la maison, ma femme va me sonner les cloches ! »

-Tout le monde ment

Le lâche ment, comme le traître, le méchant, le vulgaire, la sournoise, la cruelle, le ferme, le terrible, l'avide, la grivoise, l'étrange, l'effronté, le politique...

Mais aussi le timide ment, le tendre, le placide, le juste, le calme, le tranquille, le gentil, le brave, le poli, le simple, le sage…

Même le con dis ment, et tout le tremblement !

-Gausseur gaussé

On se gausse souvent des Suisses qui ne terminent pas leurs phrases :

« Il fait beau aujourd'hui, ou bien…»

Mais nous les Français, nous ne faisons pas mieux lorsque nous disons :

« Je suis outré… »

Ou très quoi ?

-Enseigne

Dans un village héraultais dont je tairai le nom, on peut lire au fronton d'une boutique l'enseigne suivante :

« Producteur de fruits et légumes de culture modérée. »

Je savais qu'il ne fallait pas abuser de l'alcool, du tabac, des produits gras, mais les fruits et légumes, pardon, vous admettrez qu'il y a de l'abus !

-La bûche de Noël

Il faut l'acheminer pour la cheminée.

-<u>Kiné</u>
« J'ai massé des genoux hier. »

-<u>Patient</u>
« J'aime assez des genouillères. »

-<u>Prière de pêcheurs</u>
« Pitié pour nous, pauvres pé-
cheurs, point à la ligne. »

-<u>Futur retraité</u>
« Je ne vois pas la couleur des
sous venir. »

-<u>Slogan contre la réforme sur les retraites</u>
« Manu tchao ! »

-<u>Dictons vous, là !</u>
-Pierre qui roule...perd sa pla-
ce...veut le beurre et ...l'eau du bain.
-Qui veut un œuf veut un bœuf.
-Méfie-toi de l'autre qui dort !
-Non mais... Il se prend pour moi
ce prétentieux !

-<u>Ça me tue !</u>
Le tabac tue, certes. Mais les
drogues tuent, l'alcool tue, le sucre tue, le
sel tue, le gras tue, les armes tuent, la

bêtise tue. Même la turlute tue, comme n'a pas eu le temps de dire l'heureux président qui abusa du sexe tant !

-Gastronomie

Je suis ravi au lit. Ça m'épate !

-Stéréotype

Je suis un stéréo-type : deux divorces, deux baffles dans les oreilles !

-Faute !

Tu as voté ? Tu as fauté ! Tu seras cloué au pilori ou au pire au lit !

-Cale en bourg

-Tu vas me manquer car je suis sans cible.

-Mieux vaut être à bout de vannes qu'à bout d'habits, ou à bout de batterie quand la batterie est en danger !

-Si c'est sens interdit c'est pas sans interdit. J'en reste interdit !

-Bricolage

-Passe la colle et tiens-toi à carreau si ça ne t'enduit pas.

-Macronades

-Ce n'est qu'un début, continuons les coups bas !

-Con promis…Chomdu !

-Des cons finement ?

-Avec un masque, pourra-t-on
-courir ou discourir ?
-faire cours ou faire court ?
-faire la cour ou chasser à courre ?

-À coup sûr, et pour couper court, on sera vite à court d'inspiration, tout court !

-Oh ! vieillesse ennemie !

-Orage, oh désespoir, le temps gâte : demain sera plus vieux !

-En vieillissant je deviens taquin, comme saint Thomas !

De quoi jeter un pavé dans je me marre…

Après-midi vagabonde dans Montpellier

Je vous y prends à déambuler nonchalamment, cherchant le bain de foule…

Marcheur invétéré, sillonnant les rues bondées, doublé par la foule, courageux mais pas téméraire. Musique d'ambiance sous un grand soleil de printemps, saltimbanques sur la grand-place, jupes légères et bas résilles croisant hidjabs et autres foulards. Terrasses cosmopolites, métissage, polyglottes, à craquer, ineffable clientèle, paisible ici, loquace là. Déambulation sans fin, dribblant les tramways. Regards souriants ici, soucieux là.

Dans la grande librairie, la jeune vendeuse connaît bien son sujet. Le plaisir qui se dégage de son franc sourire et de ses yeux pétillants autant que son corsage, n'est pas feint.

Retour à la *Comédie.* Retour au *défilé.* Vraie fausse excitation? S'écarter de la cohue disciplinée, néanmoins stressante, oppressante, par des rues adjacentes. Rejoindre au plus vite la gare.

İmmense hall tout en longueur, coiffé d'une verrière à pois noirs pseudo-gothique surplombant une structure métallique tubulaire. Hall d'attente aux larges sièges précurseurs d'une société versant dans l'obésité, fermement fixés au sol. Hall d'information aux écrans surélevés où défilent les listes de communes de départ et d'arrivée. Hall de promotion aux panneaux publicitaires. Pour capter l'ennui?

Coup de gueule en confinement

Pour notre salut, contre le coronavirus désormais plus de bise ni de poignée de mains, serrons-nous les coudes ! Le confinement est la règle depuis midi à sa porte, mardi 17 mars 2020. Indubitablement c'est la guerre virologique : au front, les soignants, à l'arrière les salariés *indispensables* pour l'économie, et continuité pédagogique pour les enseignants avec attestation de sortie et classe virtuelle.

Lundi 18 mai 2020, re-prise de contact avec le collège. Fantomatique. Cour déserte, barriérée, rubalisée. Agents affairés dans les couloirs. Élèves robotisés, lobotomisés. C'est Fritz Lang et Orwell. Collègues distanciés. Locaux aseptisés. Sur cette nouvelle planète COVIDERALE l'expression humaine ne peut se lire qu'entre quatre yeux exorbités.

C'est dans ce contexte qu'un mercredi après-midi je sors avec mon attestation pour me dégourdir les jambes. En chemin je croise un copain avec son gamin. Je les salue. Aussitôt le marmot regarde son père et lui demande à haute voix : « cé ki se vieu ? ». Heurté par cette impertinence du moufflet mon premier réflexe fut de lui répondre du tac au tac : « Petit con, tu sais ce qu'il te dit le vieux ? » Mais par égard pour son père, afin de ne pas l'humilier en lui faisant sentir son incompétence éducative, je me suis retenu et j'ai poursuivi la conversation avec le copain qui s'est contenté de faire « chut ! » à son gamin et de l'écarter pour qu'il aille jouer avec un autre enfant de son immeuble. Durant les dix minutes environ que dura notre conversation, le blondinet défrisé ne cessa d'interpeller son paternel pour qu'il joue avec lui, se fichant comme d'une guigne du fait que cela eût pu déranger notre conversation.

Malheureusement pour ce *pèque* je ne l'aurai pas comme élève. Je lui aurais enseigné le respect, ce que ses parents, récemment divorcés, n'ont apparemment pas su faire.

Cela me confirma, s'il en était besoin, l'importance du rôle des enseignants, non seulement pour transmettre des savoirs mais aussi comme redresseurs de torts sur le plan comportemental dans cette société de l'enfant-roi.

Ne nous méprenons pas. Être vieux n'est pas pour moi une honte, seulement une étape de la vie, ni plus ni moins honorable qu'une autre. Et si j'avais pensé que cette graine de mauvaise herbe pût être en accord avec cette idée, je n'aurais pas été offusqué. Je le fus car le jeunot employa le terme de *vieux* dans un contexte de communication qui ne s'y prêtait pas, ce qui était par conséquent stigmatisant. Le mioche l'a dit de bon cœur, spontanément, comme les gosses qui s'amusent à se traiter entre eux de noms d'oiseaux ou bien comme certains malappris qui regardent de travers un *étranger* sans avoir conscience de leur insolence. Certes *ce n'est qu'un gamin*, comme on dit. *Les responsables sont les parents,* comme on dit encore. D'ailleurs je n'ai répondu à ses propos que par un sourire narquois car ce n'étaient que des mots et parce que je voulais précisément cet après-midi là m'évader des questions d'éducation qui étaient mon quotidien au collège. Pourvu seulement que ce *gamin* ne glisse pas sur la mauvaise pente qui le mènerait au délit de harcèlement ou autre…

En attendant ce morveux n'en reste pas moins un petit con qui devra apprendre à réaliser qu'il en est un s'il ne veut pas

devenir un grand con, voire un gros con,
voire un vieux con !

Table

©2023, Pierre Soliva.
Édition: BoD - Books on Demand,
info@bod.fr.
Impression: BoD - Books on Demand, In
de Tarpen 42, Norderstedt (Allemagne)
Impression à la demande
ISBN: 978-2-3224-7190-4
Dépôt légal: mai 2023